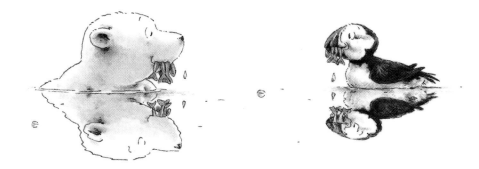

Questi i libri illustrati da **Hans de Beer** per la Nord-Sud,

disponibili nelle migliori librerie:

Piuma nel paese delle tigri
(anche in versione libro cartonato)
Piuma e il coniglietto fifone
Piuma, dove vai?
(anche in formato gigante, in audiocassetta, in versione libro animato e libro cartonato)
Piuma e il cucciolo di husky
Piuma in nave
(anche in versione libro cartonato e in audiocassetta)
Piuma, portami con te!
(anche in versione libro cartonato)
Piuma gioca in acqua
(libro da bagno)
Piuma, quante cose fai!
(libro cartonato)
Piuma, quanti amici hai!
(libro cartonato)
Olli, l'elefantino
(anche in versione libro animato)
Gogo e il balocco che suona
Gogo e l'aquilone bianco
Che inverno, per Bernardo!
Alessandro, il grande topino
Valentino Ranocchio
La Foresta dalle Mille Ombre
Chi fa l'uovo più bello?

E nella collana «Leggo da solo»:

La famiglia Talponi non sa cos'è la noia
La famiglia Talponi e le mille e una disavventure
La famiglia Talponi in festa

Hans de Beer

Piuma
se ne vola via

Nord-Sud
Edizioni

Al Polo Nord soffia spesso un vento freddissimo; oggi invece
è una bella giornata e Piuma, il piccolo orso bianco, galleggia
pigro su un pezzo di ghiaccio.
«Come sto bene qui! Cosa potrei volere di più?» dice tra sé.
Sopra di lui, nell'aria azzurra, vede uno stormo di gabbiani.
«Ecco che cosa vorrei: volare! Senza andare troppo in alto,
però.» Ma il rombo di una grossa nave lo scuote
dai suoi pensieri. Svelto, Piuma si nasconde meglio che può.

La nave viene avanti, diventa sempre più grande, da vicino
sembra davvero un gigante di ferro. L'isolotto di Piuma viene
sballottato su e giù. Ora la nave è finalmente passata,
ma non le sorprese. Piuma sente qualcuno gridare
alle sue spalle: «Pista!!!» e subito dopo qualcosa piomba
nell'acqua sollevando una fontana di schizzi.

L'orsetto si tuffa giù e, in un paio di bracciate, si trova muso
a muso con uno strano uccello dal grande becco colorato.
L'uccellino, spaventatissimo, cerca di scappare via,
ma Piuma nuota sotto di lui e lo solleva fuori dall'acqua
con la testa.
«Ciao! Non aver paura di me, non ti faccio niente. Sono
l'orsacchiotto Piuma. E tu, chi sei?»
«Io sono un pulcinella di mare,» gli risponde con un filo
di voce l'uccellino «mi chiamo Yuri.»

«Pulcinella di mare? Mai sentito! Da dove vieni?» gli chiede
Piuma, curioso.

Yuri gli racconta la sua storia. In mezzo al mare dove era
andato per pescare, Yuri era incappato in una larga macchia
di petrolio che gli si era appiccicato addosso e, da allora,
non riusciva più a volare. «Ce l'ho fatta appena a salire
su questa nave. Ho aspettato per giorni e quando poi
ho visto terra, mi sono buttato. Però...» piagnucola
l'uccellino «volare non mi riesce più. Come farò a tornare
dai miei compagni?»

«Non scoraggiarti,» lo consola Piuma «ti aiuterò io! Guarda,
la nave sta gettando l'ancora, abbiamo tempo e io so
di un posto che fa proprio al caso tuo.»

Tutti gli orsi del Polo conoscono la sorgente che fuma
e sanno che guarisce tante malattie. Anche Piuma c'era stato
quando il suo papà aveva avuto male a un ginocchio.
È lontana, ma Yuri con le sue zampette cammina pianissimo.
«Se solo potessi volare!» sospira.
«Dai, sali sulla mia schiena» lo invita Piuma.
«Anche a me piacerebbe volare,» dice Piuma durante
il viaggio «ma la mamma mi ha detto che noi orsi
non possiamo.»
Arrivati alla sorgente, Yuri ha un po' paura di tutti quei
vapori e bollicine.
«Non mi farà mica male, vero?» chiede sospettoso.

Ma una volta immerso nell'acqua calda, Yuri si sente
benissimo e mentre sguazza e gioca con Piuma, buona parte
del petrolio sulle sue ali si scioglie e se ne va.
«Guarda come sto già meglio» dice sbattendo le ali. Volare,
però, non gli riesce ancora, così anche il viaggio di ritorno
Yuri lo fa sulla larga schiena di Piuma.
Tornati alla baia, scoprono che gli uomini della nave hanno
posato sulla neve uno straordinario, enorme pallone colorato.
«È una mongolfiera, è fatta per volare» spiega Yuri.
«Sei proprio sicuro?» dice Piuma, poco convinto.

Lentamente il cielo si copre e comincia a nevicare.
«Dai, andiamo a guardarla più da vicino!»
Yuri non vorrebbe, ma Piuma si sta già arrampicando dentro
la cesta piena di tubi, pulsanti e lampadine e all'uccellino
non resta che seguirlo, a malincuore. Ma, con le sue grosse
zampe da orso, Piuma nemmeno si accorge di pigiare
un paio di pulsanti. Subito parte un sibilo acuto e sopra
le loro teste si accende un fuoco. La navicella si scuote,
poi si sentono delle corde spezzarsi.
«Scendiamo, presto!» grida Piuma. Troppo tardi: il pallone
già si solleva e vola in alto, sempre più in alto.

I due amici si rannicchiano uno accanto all'altro. Spaventati,
guardano le fiamme sopra di loro. Yuri è il primo che trova
il coraggio di sporgersi e guardare di sotto.
«Mamma mia, come siamo già lontani!» dice.
«Lontani da cosa?» chiede Piuma tutto tremante.
«Dalla terra» gli risponde l'uccellino.
Nevica sempre più forte, intorno si alza una nebbia
fittissima.
«Questa non è mica nebbia, sai» spiega Yuri. «Queste sono
nuvole!»
«Nu... nu... nuvole?» fa Piuma, con una voce debole debole.

Improvvisamente il sibilo sparisce e le fiamme pian piano
si spengono.
«Piuma,» lo chiama Yuri dal bordo del cesto «vieni qui
a vedere cosa vuol dire volare!»
Con molta esitazione anche l'orsetto si affaccia:
«Spaventosamente bello!» gli scappa. Il pallone avanza
silenzioso in un cielo tutto blu, le nuvole sotto di loro
sembrano un mare di panna montata.
«Vedrai che da qui ce la faccio a volare» dice Yuri e si lancia
nel vuoto. «Torno subito!» grida e poi sparisce tra le nuvole.

Il pallone comincia lentamente a scendere; Piuma è solo,
tutto solo nella nebbia fitta.
«Yuri!» chiama. Chiama tante volte, ma Yuri non sente
e non torna. Quando ormai è al di sotto delle nuvole, Piuma
vede una piccola cosa sfrecciargli sul naso: è proprio lui,
Yuri!
«Guarda, Piuma,» gli grida l'uccellino «sto volando!»
e riscompare. La terra si avvicina velocemente e Piuma
ha molta paura. Se solo avesse un paio di ali
come il suo amico!

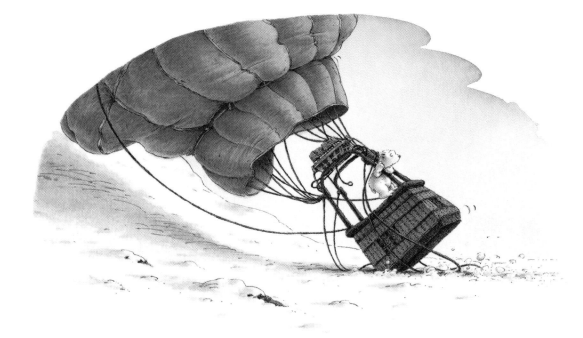

Per fortuna, la terra di Piuma è coperta di morbida neve.
La mongolfiera ci scivola sopra dolcemente e l'orsetto si butta
giù con uno dei grossi salti che fa sempre quando gioca.
«La mia bella neve!» esclama l'orsetto, rotolandosi felice.
Accanto a lui ricompare Yuri, col becco pieno di pesciolini.
«Come sei buffo quando fai le capriole!» gli dice e gli viene
tanto da ridere che tutti i pesci gli cadono per terra. «Prendili,
li ho pescati per te. È grazie a te che posso di nuovo volare.»
«Allora siamo pari» gli risponde Piuma. «Anch'io ho volato
grazie a te!»

La grande nave, da giorni ferma nella baia, sta levando
le ancore. Prima che riporti Yuri nel suo paese, i due amici
vanno insieme sulla collina più alta.
«Da qui ti potrò vedere per più tempo» dice Piuma.
«Mi dispiace andare via» risponde l'uccellino.
«Ma la prossima estate farò senz'altro un volo da te.»

Piuma rimane a guardare finché la nave diventa un puntino
scuro nel bianco del mare.
«Anche quassù, sopra questa collina, sono molto vicino
al cielo» pensa. «Per me quest'altezza basta e avanza.
Però... avere un amico che vola è davvero bello, forse
ancora più bello che volare!»